어느 새벽, 나는 리어왕이었지

김경후

어느 새벽, 나는 리어왕이었지

김경후

PIN

004

차례

PIN

004

어느 새벽, 나는 리어왕이었지

김경후

시

0원

네가 '영원'이란 단어를 맞출 수 있으면

그땐 네가 너 자신의 주인이 될 것이다.

―「눈의 여왕」

잃어버릴 게 없는 지갑을

잃어버렸다

소낙비 내리는 밤

원효대교를 터덜터덜 걸어

홀로 돌아간다

젖은 주머니에 젖은 주먹을 쑤셔 넣고

가슴에 머리를 파묻으면

또

잃어버릴 것의 소리들 냄새들

갓 갈아엎은 흙냄새 따스한 심장의 냄새
방금 밟은 빗방울 냄새
또
잃어버릴 것으로
홀로 돌아간다

물 위에 어른거리는
잃어버릴 게 없는 지갑처럼 잃어버릴
이끼 낀 해골바가지

거리의 리어왕

새벽 두 시, 종로 한가운데, 리어왕, 비틀거리고 계시다, 바지가 반쯤 내려간 리어왕, 벽에 머릴 박은 리어왕, 깨진 술병들, 고기 타는 냄새 한가운데, 물론, 주저앉은 리어왕도 계시지, 모든 리어왕은, 감히, 내가 누군 줄 아느냐, 감히, 고함치신다, 그가 리어왕이 아닐 리 없지, 그러나, 이때, 나타난 젊은이, 난세난국엔 감히 이런 일도 있는 법, 그만, 돌아가세요, 너, 감히, 내가 누군지 알고, 정말 다행이지, 아무도 그를 거들떠보지 않는다, 그러나, 감히, 모두 그가 누군지 알고 있지,

야, 리어왕, 오늘 상연 끝났어, 뭉개진 분장은 지우라고, 오늘은 그만 죽어도 돼, 리어왕, 분장을 지워도, 리어왕, 내일이 시작하면, 또, 리어왕, 당신은 리어왕이 아닐 수 없습니다, 오, 이래저래 리어왕,

정말 다행이지, 아무도 그를 거들떠보지 않는다, 그러나, 감히, 모두가 그가 누군지 알고 있지, 감히, 새벽 세 시, 리어왕은 아무도 보지 못한다, 감히, 오늘의 대사를 읊조리며, 다리 난간을 붙들고,

어느 새벽, 나는 리어왕이었지, 너도 리어왕이었지, 한때, 용감한 직언을 올린 젊은이, 그가 리어왕이 되는 새벽도 있었다, 배역은 매일 바뀌는 법, 그리고 감히, 또, 새벽 두 시,

한도막 형식

포장마차
도마 위 검은 해삼
텅,
검은 내장이 바닥으로 흘러내린다

잘린 후부터 통 잠들질 못해
어차피 다들 계약직이잖아

통장도
내장도 텅,
텅텅 어둠 속으로 떨어져 나가는
껍데기들

아직 기다릴 것이 남아 있는 건
텅 빈 도마에 꽂힌

검고 비린 칼

붉은 두도막 형식

난간 위
다리가 떨어져 나간 붉은 지네

흙비 내리는 한밤이었다

난간 위
나는 붉은 지네의 잘린 다리들이었다

흙비 떨어지는 한밤
난간에서, 붉은

먹먹

그가 죽고 그을음이 남는다
흑자색 그의 그을음들로 먹을 만든다

으아리꽃 그을음의 먹
그믐의 먹
울럭거리는 우리들 그림자의 먹

먹먹한 먹
죽음보다 단단한
그가 죽고 그을음 먹을 만든다

내 뼈에 그를 긋는다
으아리꽃 그림자들을 새긴다
우리의 흑자색 뼈가 다시 먹이 될 때까지

그을음으로 밤마다 그를 긋는다

그것이 백지다

비누 쪼가리

그가, 누워 있다. 비린내, 누린내, 가래와 오줌 자국 밴, 여기, 깡통 방, 닳지 않는다, 사라지지 않는다, 축축하게 뭉개지며, 그가, 누누이 누워 있다,

그의 살이 썩어가는 소리가 그의 살아 있는 소리, 비누 쪼가리 거품만큼만, 그는, 뒤척인다, 진득하게, 벽에서, 녹물이 떨어진다, 이미 해진, 누덕바지가 또 떨어진다, 진눈깨비 떨어지고, 기름 전, 머리카락, 떨어진다, 부스럼이 떨어진다, 그가, 살아 있다는 소식이 떨어진다, 그가 살아 있는 소리는 살이 썩어가는 소리, 봄 먼지바람에 터지는 비누 거품 소리,

화장실 바닥 발에 차인 비누 쪼가리를 나는 바라본다,

혀

청기 올려, 백기 올려, 청기 올리지 말고, 가만히
있어, 백기 내리지 말고, 가만히 있어, 청기 내려,
가만히 있어, 청기 올려, 가만히 있어, 백기 올려,
가만히 있어,

광장에 깃발들
휘날린다 펄럭인다 내지른다 고함들
광장에 혓바닥들

구부정하게 여자는
무교동 뒷골목 사무실로 돌아간다
한 번도 펼쳐본 적 없는 깃발을 내놓지 못하고
다시 한 번 혀를 꾸욱 말아 넣고

거기 어디

문 닫힌 게임방, 고장 난 게임기에선

백기 들어, 백기를 들라니까,

한 번도 펼쳐본 적 없는 깃발처럼 여자는 혀를

꾸욱 말아

삼킨다

모래집

바닷가
항상 허물어지던 어릴 적 모래 두꺼비집

그게
독거도였나 쪽박섬이었나

어쨌든 이젠 나도
그 집으로 기어 들어갈 수 있는 허물어진
모래보다 자잘한 어둠

바닷가 나뒹군다
내장이 빈 납작게 껍데기 하나

이구아나

붉어지길 그만둔 장미
이 장미의 이름은
이구아나

오늘 밤 지나 시들겠지
더 이상 이구아나 아닌
이구아나

난 아무것도 되고 싶지가 않아
어둠도 되지 않기로 했어
검푸르게 썩어가도
이구아나

이구아나도 아닌
이구아나

아무것도 아닌 것조차 되지 않기로 한
이구아나

이구아나라는 이름의 장미는
붉어지길 그만둔 장미

다른 이름
나의 흉터
이구아나

한밤중

멀리
먹산을 바라보며

밤새
울음주머니 부풀리는 벙어리 개구리처럼

닭장

거품만 일어나는
백지 그만 봐
치맥 먹자
튀어 나간 내 앞에
백지만 한 닭튀김 접시

이거 정말 닭 한 마리예요?
야, 요즘 닭들은 평생 요만한 데 몇 마리씩 끼어
살다 죽어
가장 널찍하게 누워본 게 접시라고
치맥 먹자
우린 닭다릴 뜯고 입술을 닦으며 투덜거린다

나도 알고 있지 이만한 무덤
접시엔 부서진 채 널린 말들

토막 나 누워 있지
치맥이나 먹자

불 꺼지지 않는 책상
새하얗게 미쳐 날뛰다 목 잘린 침묵들
피 묻은 시의 깃털들
책상 위로 흩날리는 거 본 적 있지
치맥이나 먹어
나는 닭다릴 뜯고 입술을 닦는다

백지 위에 파묻고 온 나를
얼룩진 접시 위에서 들여다본다
치맥이나 먹자

팔월

미끄러진다

뙤약볕 밑으로

미끄러진다

울부짖기 전에

부글대는 늪 속으로

미끄러진다

아직 난 눈멀지 않았는데

어떻게

눈먼 구더기 떼와 함께

미끄러질까

어떻게

악몽 속인데 악몽 속으로

물컹대면서 꿈틀대면서

미끄러질까

팔월도 아닌데 팔월로

미끄러질까

버둥거리다

더 미끄러지기 위해

나는 이글거리며 조금 기어오르기도 한다

미끄러진다

우리는 달을 공유하는 사이

우리는 달을 공유하는 사이
담뱃불에 눈썹 태운 달이 눈썹달이라 우기고
터덜터덜
제각각 홀로 집으로 돌아가는 사이

이제야 우리는
달을 공유하는 사이
검은 빌딩 모서리에 꽂힌
금 간 그믐달
제각기 돌아보며 홀로 돌아가는 사이

으스름달
턱 빠진 해골의 웃음소리
홀로 듣는
나는 언제나 홀로

너와 달만 공유하는

턱 빠진 해골의 웃음소리

바늘

텅 빈 구멍을
다시 뚫고 가는 구멍이
바늘이다

안녕, 허공으로 이어진 실 전화기 속 나의 말이
닿기 전에,
우리는 등을 돌린다,
안녕, 이 말이 네게 닿기를, 기도가 닿기 전에,

견우좌까지
직녀의 실이 양탄자를 짜 올려도
저 허공,
바늘이다

우리는 허공에 녹아 사라지는

바늘의 심장 소리야

강가에는 찢어지는 검은 바람들, 안녕

텅 빈 구멍을

다시 뚫고 가는 텅 빔이

바늘이다

밤바람이 뼈바늘 구멍을 지나가고 있다

생일 케이크

내 앞에 붉은 불꽃들
한 해 한 해
점점 더 많이
내 입으로 불어 끈다

훅!
노을을 뒤덮는 연기박쥐 떼
검은 날갯소리

접시

아마존 늪보다 어두운
부엌 구석
악어 머리보다 납작하게
악어 숨소리보다 고요하게
접시
그것은 수행 중이다

알몸에
핏물이 뚝뚝 흘러도
먹이를 삼킨 아마존 악어처럼
접시
그것은 아무것도 갖지 않는다

그만하면 됐지
철창 같은 건조대에 끼어 있어도 그만

눈물 흘리는 악어처럼

차가운 기름과 피 흘리면 그만

갖지 않는다

쥐지 않는다

창밖

비행접시가 구름 속에서 기다리고 있어도

늪보다 깊은 부엌 구석

접시

아무것도 아닌 건 그것뿐 아닐 것이다

서정시

어린 여자 젖가슴 위로
검은 무쇠 전차 지나간다

그것이 모든 밤의
말

그것이 모든 밤의
바퀴

으깨진 여자의 젖꼭지에서
터져 나오는
밤

깊은 밤엔 두부를

물속 고요히 잠겨 있는
두부,
피라미드를 만든 회벽돌인가
떠오르는 망상

> (깊은 밤엔 두부를,
> 냉장고를 열고 포장 비닐을 벗긴다)

두부, 가라앉은 벽
죽음이 무너질 곳은 어딜까
두드리거나 기댈
벽도 문도 없지

> (깊은 밤엔 망상 말고 두부를,
> 식탁에 앉는다 어느 의자에 앉든
> 보이는 건 텅 빈 의자들)

네모나고 희디흰 망상

죽음이 벽이라면, 두부 같은 벽이라면

네게 파고들어, 잔뜩 너를 묻히고 나올 텐데

아니,

난 피라미드 관광도 간 적이 없지

            (씻고 잘라 레인지에 돌려야 한다,

                    두부는 언제 어디서든)

그건

죽음을 도려낸 흉터일 뿐

                (두부는 간장이 필요할 뿐)

죽음

그건 머리 위로 무너져 내릴 문

꽉 막혀버린 허공일 뿐

        (그게 뭐, 레인지 속에서 돌고 있는 건 두부)

두부 생각만 할 것

두부, 흰 빛 속으로 하관하는 흰 관

두부, 네모난 알

두부, 구름으로 만든 피라미드 한 조각

　　　　　　　　(망상도 전자파 영향을 받을 수 있다,

　　　　　　　　　　　　　　　　이것은 두부다)

자, 그만

밤마다 두부,

내일은 꼭 반찬을 만들 것!

외줄 곡예사

바닥은 허공
허공도 허공
외줄 위로
외발자전거가 달린다
이 끝에서 저 끝까지
외발자전거가 달린다
끝나지 않는
외줄 위에
끝나지 않는 허공
달리는 제로

물병자리 아래서

빈방

한

가운데

그림자

조차

비어 있는

텅 빈

병

상속자

그는 종소리의 상속자, 아무도, 들어본 적 없는 종소리, 그 종소리의 상속자,

자정의 고속버스 터미널, 뚝뚝, 물을 흘리며, 진흙 종, 엎어져 있다, 아무도 모르게, 그 옆엔, 짓밟힌 진흙같이, 종소리의, 상속자, 쪼그려 있다, 오고 가는 흙 자국들, 떠나고 돌아오는 흙먼지들, 그는 무엇을 해야 할까, 진흙 종은, 으깨져, 떠나지 못한다, 그는, 으깨져, 돌아가지 못한다,

아무도 들어본 적 없는 종소리는, 검은 터미널 같구나, 아무도 듣지 못하는 종소리, 자신도 들은 적 없는 종소리를, 노래 부르는 것밖에, 무엇을 해야 할까, 그는, 무슨 소리냐, 그는, 진흙 종의 종, 종소리의, 상속자다,

어쩌면 심해가 생기기 전. 가장 깊은 심해가 될 그곳에, 떨어져 있었을지 모르는, 아무 소리 없는, 종, 그는, 아무도 가진 적 없는, 숨과 혼으로, 으깨진 흙의 음을 맞춰본다, 종소리를 들어본다, 그는, 자신도 들어본 적 없는, 종소리다,

PIN

004

매점과 시

김경후

에세이

매점과 시

*

　빵을 먹을 것인가, 욕을 먹지 않을 것인가. 수학 시간 다음이 좋을까, 아니, 가사 시간 다음이 더 좋을까. 교과서에 나온 「어떻게 살 것인가」라는 수필을 아무리 읽어도 이 고민에 대한 답은 없었다. 힌트는커녕 끙끙 고민을 하느라 배만 더 고플 뿐이었다. 차라리 오늘 어느 선생님이 기분이 나쁘지 않은지, 어느 선생님이 축농증이 심해 냄새를 잘 맡지 못하는지 알아내는 게 빵과 욕 사이 절체절명

순간에 도움이 되었다.

먹을 것인가, 맞을 것인가. 제6의 감각으로 교실의 공기를 파악할 것, 선생님마다 몸에 익은 수업 시작 시간과 끝을 분 단위로 파악할 것, 선배들의 정보로 선생님의 인성을 알아낼 것. 먹을 수 있을 것인가, 먹지도 못하고 맞기만 할 것인가, 그것이 문제로다. 순발력과 판단력, 혹시 사고가 발생해도 무마할 재치와 애교는 기본으로 장착되어 있어야 함. 먹고사는 게 그리 단순한 일은 아니지 않은가. 빵 하나 먹겠다고 이렇게 많은 능력과 기술을 연마해야 하다니, 안 먹고 말겠다고 말하는 인간을 위해, 괴테는 말했다. '눈물 젖지 않은 빵을 먹지 않고는 인생을 논하지 말라.'

계단을 달린다, 비탈을 달린다, 50미터 떨어진 건물의 지하 매점까지 최고 속력을 떨어뜨리지 않고 달린다. 이제부턴 지구력, 근력, 점프력의 싸움. 1학년부터 3학년까지, 남학생 여학생 할 것 없이 몰려 있는 인파를 화살처럼 돌파한다. 마틴 루터 킹 목사가 'I have a dream'을 외칠 때처럼, 절실하면서도 크게, 꿈과 희망을 담아, 절망을 넘어 "팥빵 하나!"를 외친다. 이러한 조건과 능력, 행운을 갖춘 자만이 수업 시간에 느긋하고 따스해진 배를 쓰다듬으며 눈을 뜬 채 졸 수 있는 것이다.

*

추억은 덧없다. 그러나 덧없지 않은 게 있는가 하면 그렇지도 않다. 가끔 덧없는 추억은 덧나기도 한다. 정말 부질없이 말이다. 그러나 역시 덧없으면서도 덧나지 않는 것이 딱히 생각나지도 않는다.

*

(기껏해야 팥빵이나 소보로빵이지만) 육체의 기본적 욕망을 따를 것인가, (기껏해야 한 반 내에서지만) 사회적 명예를 지킬 것인가. 이 고민은 평생

지속되리라는 불길한 예감. 그리고 아무리 책과 글을 좋아해도 책과 글에는 이 두 가지 중 어느 것도 해결책이 나와 있지 않을 것 같다는 불길한 예감. 책과 글을 좋아할수록 이 두 가지를 멀리해야 할 것만 같은 불길한 예감. 그렇지 않다면 책과 글을 멀리해야 할 것만 같은 불길한 예감. 그리고 불길한 예감은 어떤 험난한 길을 통해서라도 기필코 현실이 된다는 불길한 예감. 매점과 함께 이런 예감들이 뭉게뭉게 내 주위를 떠돌고 있었다.

*

죽느냐 사느냐는 햄릿의 문제였지 나의 문제는 아니었다. 죽지 않는 게 어딨어, 열 살짜리 내 조카도 이건 별문제 아니라고 한다. 살고 있는 모든 것은 죽지 않는가. 자주 잊고 영원히 살 것처럼 굴지만 말이다. 존재냐 비존재냐, 이렇게 번역을 바꿔도 마찬가지. 존재가 무엇인지 끙끙대는 게 존재라는 거 아닐까, 아님 말고. 존재하는 것이 아니라

면 비존재는 존재라는 망상 속의 또 다른 망상일지
도, 이것 역시 아님 말고. 그저 문제를 들여다보는
곳, 그곳이 매점 또는 글일 수는 있겠다. 아니라면
말고.

*

지금 나에겐 매점이 없다. '매점:어떤 기관이나
단체 안에서 물건을 파는 작은 상점'이라는 사전적
의미에 따르면 말이다. 어떤 기관에도 나는 없다.
어떤 단체나 장소에도 나는 없다. 나와 같은 사람
들이 많겠지. 사람의 기준이 4대보험 대상자인지
아닌지가 아니라면 말이다. 그러면 4대보험 가입
예외자인 나와 같은 사람들에겐 매점은 없는 걸
까. 어딘가 있을까, 우리들의 매점이. 기관이나 단
체와 관계없는 매점, 이스트 부푸는 냄새를 풍기는
작은 기대가 있는 매점이.

호랑이띠에 호랑이 눈을 가진 할아버지는 매점
주인이었다. 인천 주안역에서 전철을 타고 멀미가
날 즈음 시청역에 내려 어찌어찌 걸어가면 영자 신
문사 지하에 할아버지의 매점이 있었다. 지금은 떠
들썩하고 북적거리는 석촌 호수가 황량한 버스 종
점이었던 때의 얘기다. 방학 동안 잠실 부근 할아
버지댁에 살면서 가끔 할아버지와 동생과 석촌 호
수에 가곤 했다. 텅 빈 버스들과 텅 빈 호수, 텅 빈
할아버지와 아무것도 모르는 꼬마 둘. 너무 심심
해서 불안했지만 말을 하면 안 될 것 같았던 풍경.
이 풍경의 느낌은 시청역 할아버지의 매점에서도
마찬가지였다. 노트와 수첩, 모나미 볼펜들이 천장
까지 꽉 차 있었지만 뭐라 말할 수 없는 쓸쓸함과
텅 빔만이 가득했다.

초등학교 운동장의 이순신 동상이 광화문 이순
신 동상보다 커 보였을 나이였다. 그러나 그때조차

할아버지의 매점은 너무 작게만 느껴졌다. 아마 사실일 것이다. 엄마와 나와 동생이 한꺼번에 들어갈 수 없었으니까. 할아버지 혼자 앉아 있어도 꽉 차버렸던 매점. 각기병 걸린 다리를 보여주고 동지에도 일곱 시 이전에는 전등을 켜지 못하게 하고 우리들의 유일한 낙인 텔레비전 시청권 경쟁자였던 할아버지. 왕년에 철도청 공무원으로 잘나갔던 할아버지. 부리부리한 호랑이 상의 할아버지는 매점 안에 갇혀 있었다. 쇠창살 안에 갇혀 있는 백두산 호랑이. 모나미 볼펜들은 그에게 창살을 그려줄 수 있을 뿐이었다.

할아버지의 매점에 대해 엄마에게 물어보면 많은 걸 알 수 있겠지만 묻지 않는다. 엄마에겐 아버지이고 내겐 할아버지다. 할아버지의 왕년도, 엄마의 기억도, 나의 매점에 대한 것도 애써서 기억하지 않는 예의를 배울 나이에 나는 들어서 있다. 나는 이미 할아버지이고 나는 이미 할아버지의 매점이다.

할아버지는 왜 철도청에 갔어요, 기차를 공짜로 탈 수 있어서. 내가 가장 사랑하는 사람은 아니지만 내가 가장 사랑하는 취업 경험담. 난 가끔 공짜로 좋아하는 시인들의 시집을 받는다. 할아버지는 글을 사랑하는 내가 글을 쓴다는 걸 최고로 좋아하셨을 것이다. 또는 가장 많이 야단쳤을지도 모른다.

*

추억보다 덧없고 허무한 것 중 하나가 바로 여름의 고등학교 매점이다. 무더위와 신김치 냄새, 60명의 땀 냄새로 뒤범벅된 퀴퀴한 교실 공기를 가르고 번지는 딸기 향료와 냉기의 냄새. 드디어 매점에 아이스바가 들어왔던 것이다. 그건 비록 100원짜리 아이스바였지만 우리에게 끼친 흥분과 희망으로 따지자면 평생 그보다 가치 있는 냄새는 없었던 것 같다. 과장이 아니다. 무기력하고 시큰둥하고 멍했다. 여름 내내 우리 반에서 가장 큰 환

호성이 터졌던 사건이 천장에서 흔들대는 끈끈이
에 파리가 얼떨결에 들러붙었을 때였으니까.

그러나 매점에 아이스바가 들어온 것에 대한 기
쁨도 잠시. 아이스바를 사와도 느긋하게 녹여 먹
을 수가 없었다. 빵이라면 책상 서랍에 숨겨둘 수
있지만 말이다. 항상 긴급 상황이었다. 아이스바
가 도착했을 땐 이미 선생님도 복도에서 교실을
향해 오고 있을 때였다. 문이 열리기까지 2, 3초.
짝과 뒷자리 친구, 그 친구의 짝이 한 입씩 깨물
어 없애주는 수밖에 없었다. 한번은 내가 사 왔는
데 내가 한 입도 못 먹은 적도 있었고 한번은 너
무 급해서 아이스바를 베어 물고는 그대로 삼켜
버렸다. 목구멍이 너무 아팠다. 그리고 사람의 속
은 참 따스하다는 걸 느꼈다. 따스해서 천만다행
이라고 느꼈다.

그러나 매점에 아이스바가 들어온 것에 대한 기
쁨도 잠시. 두 종류에서 세 종류를 넘지 않는 아이

스바 냄새가 지독했다. 지겨워졌다. 가장 독한 건 딸기 향료 냄새였다. 사람은 그런 건가 보다.

딸기맛 아이스바를 제외하고 그때 매점에서 어떤 아이스바를 팔았는지 기억이 가물가물하다. 친구에게 물어보았다. "그때 팔던 게 이것과 저것 그것이었니?" "난 기억이 없어." "난 그렇다 쳐도 넌 그럴 수 있니?" "그럴 수 있지." 그런 거였다.

*

항상 배가 고팠다. 많이 먹든 적게 먹든 배에서 꼬르륵 소리가 났다. 영양가 있는 걸 먹든 불량식품을 먹든 배가 고팠다. '책은 지상의 양식'이라는 참고서 표지조차도 배고픔을 자극할 뿐이었다. 그나마 다행인 건 나뿐 아니라 우리 반 친구들 모두항상 배가 고팠다는 것이다. 배에 거지가 들어가 앉았냐, 머리에 든 게 없어서 배만 고픈 게야, 라는 어른들의 비아냥거림은 차라리 우리들의 배고

품을 점점 정당하고 정의롭게 만들어주었다. 그땐 배고프지 않게 누군가에게 삿대질과 지적을 하면서 오래 산다는 건 비굴하고 비루하고 지질하다고 생각했다. 얼마나 비열하면 당신은 굶어 죽지 않고 이 지상에서 피와 기름으로 그토록 오래 살고 있는가, 이 물음을 가진 소년과 소녀는 대부분 트라클보다도 기형도 시인보다도 오래 살았다. 나의 비열하고 지질한 경험에서 보자면 말이다. 어쩌면 배가 고픈 게 아니라 아팠던 게 아닐까. 매점과 매점매석을 헷갈려한 게 아닐까.

*

　빵을 먹을 것인가, 욕을 먹지 않을 것인가. 세계명작동화와 노벨상 전집, 카뮈와 사르트르, 헤세와 헤밍웨이를 읽어도 이 고민에 대한 답은 없었다. 답은커녕 빵값을 책값으로 써서 배만 더 고팠다. 답이 있었다 해도 내가 이해할 수 있는 답은 아니었다. 너무 늦게 도착한 예감. 너무나도 늦어서 다행이고 기쁜 예감. 가끔 가혹하지만 너무 행복한 후회. 영리하게 살 것인가, 숨 막히게 살 것인가. 이 고민은 앞으로도 지속되리라는 불길한 후회. 그리고 내가 아무리 책과 글을 좋아해도 책과 글에는 이 두 가지 중 어느 것도 해결책이 나와 있지 않을 거라는 불길한 후회. 내가 책과 글을 사랑할수록 이 두 가지를 멀리해야 할 것만 같은 불길한 후회. 그리고 불길한 후회는 반드시 어떤 험난한 길을 통해서라도 현실이 된다는 불길한 확신. 그럼에도 불구하고 사랑하는 책과 글을 만나는 것, 이것이 나의 매점이다.

*

지금 나에겐 매점이 없다. 이것이냐 저것이냐의 고민이 없다. 고민이라고 투덜댔던 모든 것들은 자만의 외투였을 뿐이라는 걸 지금 나는 안다. 빵과 욕 사이에 아무것도 없다. 아무것도 아니고 아무것도 없다고 말하는 자만을 지금 난 들여다본다.

나에겐 매점이 없다. 예감과 후회, 불길함과 부질없음도 없다. 할아버지가 없고 햄릿이 없다. 나의 매점이라 불렀던 문장들도 없다. 많은 능력과 시간을 불러들여야 할 매점, 선택과 결과가 있는 사건들, 딱딱한 자만들, 그것들이 없는 모든 오늘, 그것이 나의 시가 되길.

어느 새벽, 나는 리어왕이었지

지은이 김경후
펴낸이 김영정

초판 1쇄 펴낸날 2018년 3월 5일

펴낸곳 (주)현대문학
등록번호 제1-452호
주소 06532 서울시 서초구 신반포로 321(잠원동, 미래엔)
전화 02-2017-0280
팩스 02-516-5433
홈페이지 www.hdmh.co.kr

ISBN 978-89-7275-876-1 03810
      978-89-7275-872-3 (세트)

* 책값은 뒤표지에 있습니다.